Michael Felske

Narben auf der Seele

...und einer kam heim aus Afghanistan

Bibliografische Information der Deutschen Nationalbibliothek:
Die Deutsche Nationalbibliothek verzeichnet diese Publikation in der Deutschen Na-
tionalbibliografie; detaillierte bibliografische Daten sind im Internet über
http://dnb.dnb.de abrufbar.

© 2017 **Michael Felske**

Foto: **Michael Felske**

Herstellung und Verlag: BoD – Books on Demand, Norderstedt

*ISBN: 978-3-*746036144

Inhaltsverzeichnis

Vorwort

Wer richtig tief eintaucht in die psychischen Folgen für Soldaten, die an Kriegseinsätzen wie Vietnam, Irak oder Afghanistan beteiligt waren, den reißt es sofort brutal aus der persönlichen Komfortzone. Posttraumatische Belastungsstörung wird die Erkrankung genannt. „Störung" kann jeder als lediglich vorübergehend verstehen, sollte sich aber vorher mit vielen Veteranen in den USA unterhalten, deren Leben heute noch jenseits eines normalen Alltags abläuft. Menschenverachtende Kämpfe, Kriege und Schlachten gibt es auch heute an vielen Orten auf unserer Erde. Das war die Motivation für mich diesen Text gegen jeden Krieg überall zu schreiben.

Michael Felske

Narben auf der Seele
…und einer kam heim aus Afghanistan

Marc Büchner ist Rückkehrer aus dem Afghanistan-Krieg. Seine furchtbaren Erlebnisse haben ihn traumatisiert. Das normale Alltagsleben mit Frau Gitta und Tochter Bianca in der Kleinstadt Clausberg ist für ihn nicht mehr zu bewältigen: Ständig schießen Flashbacks in seine Gedanken. Angst und Wutausbrüche treiben ihn ins Desaster: Er trennt sich von Frau und Kind. Marc zieht sich von der Gesellschaft zurück und lebt einsam und allein im Wald. Dort bekommt er es mit Wilderern und der Polizei zu tun...

Personen	(i.O.o.A.)
Marc Büchner	Ex-Afghanistan-Kämpfer
Gitta Büchner	Marcs Ehefrau
Bianca Büchner	Marcs und Gittas Tochter
Kinder	Gäste auf Biancas Geburtstag
deren Eltern	Gäste auf Biancas Geburtstagsfeier, Marc und Gittas Freunde
Peter Schütz	Marc und Gittas Nachbar
Dagmar Schütz	Marc und Gittas Nachbarin
Martin Schäfer	Marcs Kollege bei der Bundeswehr
Sprecher	informiert mit offiziellen Verlautbarungen
Sven Daegen	dänischer Soldat
Psychologe	gibt Ratschläge am Telefon
Polizeibeamter	nimmt Gittas Vermisstenanzeige auf
Stefan Kistner	fährt mit Marc Patrouille
Tom	Fahrer der Patrouille
Peter Zaborowski	Förster
Wilderer 1	Wilderer, treibt Unwesen im Forst
Wilderer 2	Wilderer, treibt Unwesen im Forst

Polizisten	durchkämmen Clausberger Forst mit Hunden
Soldaten	mit Marc und Stefan beim Waffenreinigen
Richter	spricht Urteil über Marc

1. Szene

(BIANCAS 5. GEBURTSTAG / DIE GELADENEN GÄSTE LASSEN
MARCS TOCHTER BIANCA AUF IHREM STUHL HOCHLEBEN)

Alle: ...drei mal hoch. Hoch! Hoch! Hoch!

Gitta: So Ihr Lieben. Jetzt geht´s los. Wer
                 möchte gerne Erdbeerkuchen?

Kinder: (RUFEN) Ich! Ich auch! Ja!

Marc: (VERTEILT MIT GITTA TORTE) Lasst es
                 euch schmecken. (ZU BIANCA) Hier mein
                 Schatz. Du bekommst ein besonders gro-
                 ßes Stück.

Bianca: Danke Papa. Lecker!

Gitta: Wir Großen sitzen drüben am Tisch.
                 Wenn Ihr mehr wollt, einfach Bescheid
                 sagen.

Bianca: (MUND VOLL) Machen wir!

Gitta: (ZU DEN ERWACHSENEN GÄSTEN) Schön,
                 dass Ihr gekommen seid. Marc ist wie-
                 der da und wir beide wollen uns bei
                 Euch bedanken...

Marc: ... dass Ihr die ganze Zeit für Gitta
                 und Bianca da wart...

Gitta: Ihr habt mir in dieser Zeit sehr ge-
                 holfen. Danke dafür!

Peter Schütz: Das haben wir doch gerne gemacht.

Dagmar Schütz: (ZU MARC) Aber jetzt bist Du ja
                   wieder hier.

Peter Schütz: Ein Glück, kann ich nur sagen,
                   dass Dir da unten nichts passiert
                   ist.

Marc: Hmm.

Gitta: Genau. Deshalb lasst uns feiern.
                   Da stehen Gläser.

Dagmar Schütz: Oh lá lá, Champagner.

Gitta: Na wenn das es nicht wert ist...
                   (GREIFT FLASCHE / WILL ÖFFNEN /
                   KLAPPT NICHT AUF ANHIEB)
                   Na, wirst Du wohl!

Marc: Schatz, soll ich?

Gitta: Nein, geht schon.

(MIT LAUTEM KNALL SCHIESST DER KORKEN VOM FLASCHEN-
HALS UND FLIEGT DURCH DAS WOHNZIMMER)

Marc: (SCHREIT AUSSER SICH)

                   Deckung, volle Deckung! Sie grei-
                   fen wieder an!

                   (REISST FRAU UND GÄSTE AUF DEN
                   TEPPICH / GLÄSER ZERSPRINGEN /
                   KINDER SCHREIEN)

Martin - Verdammt! Kopf runter!

2. Szene

(KUNDUS / MARC UND MARTIN LIEGEN AM BODEN / GEWEHR-
FEUER)

Martin Schäfer: (STÖHNT VON KUGEL GETROFFEN)

Marc: Martin, alles klar bei Dir?

Martin Schäfer: (STÖHNT / ATMET SCHWER)

                    Hmm.

Marc: Die Panzer schaffen das schon.
                    Solange bleiben wir hier in De-
                    ckung?

Martin Schäfer: (STÖHNT LAUTER)

                    Marc!

Marc: Zeig mal, wo haben die Dich denn
                    erwischt?
                    (DREHT MARTIN ZU SICH RUM)

                    Mist, was ist das denn?

                    (SCHREIT)

                    Sani, verdammt noch mal, gibt's
                    hier keinen Sani?

Martin Schäfer:	(GURGELNDE LAUTE / KEINE WORTE MEHR)
Marc:	Martin, wir kriegen das wieder hin. Halte durch. Gleich kommt Hilfe. (LAUTER) Hörst Du? Der Schuss ging glatt durch. Martin, sag doch was!
Martin Schäfer:	(ZUCKT / AUFSCHREI / TOT)
Marc:	Scheiße Mann. Nicht einschlafen! (UNTER TRÄNEN) Denk an Deine Tochter. Die wartet auf Dich. Zuhause. In Deutschland! (SCHLUCHZT LAUT / GEWEHRSALVEN)

3. Szene

(SPÄT ABENDS / GITTA UND MARC LIEGEN IM BETT)

Marc: Gitta?

Gitta: Ja?

Marc: Tut mir wirklich leid.

Gitta: Aber Schatz, Du kannst doch nichts da-
               für. Es ist doch alles noch so frisch.

Marc: Besonders wegen Bianca.

Gitta: Mach Dir keine Gedanken. Die Kinder
               haben nachher gedacht, Du hast Quatsch
               gemacht.

Marc: (lacht leise) Ja, das war eine richtig
               gute Idee von Dir!

Gitta: Siehst Du. Und jetzt schlaf. Du
               brauchst Ruhe.

Marc: Gute Nacht!

Gitta: Schlaf schön!

Sprecher: Pressemitteilung aus dem Bundestag:
               Der Deutsche Bundestag stimmt der von
               der Bundesregierung am 12. Januar 2011
               beschlossenen Fortsetzung der Beteili-
               gung bewaffneter deutscher Streitkräf-
               te an der NATO-geführten Internationa-
               len Sicherheitsunterstützungstruppe in

Afghanistan zu. Für die Beteiligung an ISAF in Afghanistan werden bis zu 5350 Soldatinnen und Soldaten mit entsprechender Ausrüstung eingesetzt.

4. Szene

(NACHTS / MARC HAT ALPTRÄUME / GITTA WIRD WACH)

Marc: (SCHREIT)

                 Sieben, nein es sind acht! Kommt zurück.

Gitta: (RÜTTELT MARC)

                 Wach auf. Marc, was ist denn?

Marc: (WACH / SCHLUCHZT)

                 Tot. Sie sind alle tot!

Gitta: Marc, hör damit auf. Wer ist tot?

Marc: Acht Kameraden. Sie sind in meinen Armen gestorben!

Gitta: Das ist ja furchtbar.

                 (STREICHLT MARC / WILL BERUHIGEN)

                 Jetzt komm Du in meine Arme. Bei mir bist Du sicher.

Sprecher: Oberst F. R. sagt: „Im Einsatz erwar-
               tet uns eine deutlich bessere Ausrüs-
               tung, wie modernere Fahrzeuge mit ver-
               besserter Panzerung. Ich gehe davon
               aus, dass die bestens ausgebildeten
               Soldaten aus dem Saarland unbeschadet
               nach sechs Monaten Einsatz zurückkeh-
               ren werden".

5. Szene

(AN DER SUPERMARKTKASSE / MARC, GITTA UND BIANCA PA-
CKEN EINKAUF AUFS BAND / SCANNERKASSENGERÄUSCHE)

Gitta: (ZU BIANCA) Und zu Hause kannst Du
               gleich Dein Schokoeis naschen!

Bianca: (FREUT SICH)

               Juchu!

Marc: (PACKT AUCH WAREN AUFS BAND / ATMET
               SCHWER)

Gitta: Schatz, was ist denn mit Dir?

Marc: Vorsicht! Pass auf!

Gitta: Wieso?

Marc: Da hinten!

Gitta: Ja?

Marc: Los, raus hier! Kommt schnell!

Gitta:	Aber warum denn?
Marc:	Der junge Bursche da, siehst Du den?
Gitta:	Der Jugendliche mit dem Palestinener-Schal?
Marc:	Red´ nicht! (REISST FRAU UND KIND MIT) Gleich zündet er. Ein Selbstmordattentäter. Platz da! (MARC, GITTA UND BIANCA STÜRMEN AN DEN WARTENDEN VORBEI / LAUTER PROTEST)
Bianca:	(BEGINNT ZU WEINEN)
Marc:	(VOR DER TÜR SCHREIT MARC) Runter! Werft Euch auf den Boden!
Sprecher:	Generalmajor M. K., Kommandeur der 1. Panzerdivision sagt: "Passen Sie immer gut auf sich und Ihre Kameraden auf. Bleiben Sie konzentriert, aber gelassen. Das ist Ihr bester Schutz."

6. Szene

(DAHEIM BEI MARC UND GITTA)

Gitta: Was ist denn bloß los mit Dir?

Marc: Weiß ich auch nicht.

Gitta: War es wirklich so schlimm da unten?

Marc: (SCHWEIGT)

Gitta: Nun sag schon!

Marc: Es war nicht schlimm. Es war furchbar.

Gitta: Um Gottes Willen, was hast da bloß mitgemacht?

Marc: Hässliche Dinge. Es ist viel passiert... Dauernd.

Gitta: Erzähl´s mir, Marc?

Marc: Sie sind immer noch da.

Gitta: Wer?

Marc: Die Raketen, Selbstmordattentäter, Minen, Sprengsätze und die Schüsse aus dem Hinterhalt. Und die vielen zerfetzten Leichen.

Gitta: (SCHWEIGT, ERWIDERT DANN)

                Du meinst hier, hier bei uns zu Hause?

Marc:	Nein, (...) doch! Bei mir im Kopf.
Gitta:	Oh mein Gott!
Marc:	Es ist irgendwie wie Fühlkino.
Gitta:	Und wie kriegen wir das da wieder weg? Was kann man machen?
Marc:	Keine Ahnung.
Gitta:	Wir brauchen Hilfe. Du brauchst Hilfe. Vom Psychologen.
Marc:	(LACHT ZYNISCH) Wer soll das denn schaffen? Wie soll das denn gehen?
Gitta:	Die kriegen das hin. Das sind doch Profis.
Marc:	Jetzt gerade, jetzt sehe ich es wieder vor mir: Das herausgeplatzte Auge des dänischen Kollegen. Es hängt nur noch am Sehnerv und baumelt vor der Nase!
Gitta:	Marc, hör auf damit. Mir wird schlecht!
Marc:	Gitta, das ist für mich echt. Völlig real. So, als wäre es eben erst passiert. Ich krieg das nicht weg. (SCHLÄGT SICH VOR DEN KOPF)

Ich kann mir vor die Stirn ballern so-oft ich will – es ist immer da! Ein echtes Scheißgefühl!

(SCHLUCHZT / BRICHT IN DEN ARMEN GITTAS ZUSAMMEN)

Sprecher: Bundespräsident Christian Wulff sagt: „Sie dürfen das schöne Gefühl haben, etwas Gutes für Sicherheit, Frieden und Demokratie geleistet zu haben."

7. Szene

(KUNDUS / RAKETENANGRIFF AUF PATROULLIE / EINSCHLAG-GERÄUSCH)

Marc: (WIRD DURCH DIE LUFT GESCHLEUDERT / KNALLT AUF DEN STRASSENRAND / EIN PAAR METER NEBEN IHM LIEGT EIN SOLDAT)

Ich bin OK Mann! Die Ohren tun verdammt weh! Hey, was ist mit Dir?

Sven Daegen: (SCHREIT UND STÖHNT)

Marc: (ROBBT ZU SVEN DAEGEN)

Scheiße Mann, Dein Gesicht! Dein Auge!

Sven Daegen: (STÖHNT / GIBT BLUBBERNDE GERÄUSCHE VON SICH / SEIN GESICHT IST ZERFETZT / EIN AUGE HÄNGT RAUS)

Marc: (ÜBERGIBT SICH)

Sprecher:	Ex-Verteidigungsminister Karl- Theodor zu Guttenberg sagt: „Meine kleine Tochter, der ich meine Trauer zu erklären versuchte, fragte mich, ob die (..) jungen Männer tapfere Helden seien, ob sie stolz auf sie sein dürfe. Ich habe beide Fragen (...) einfach mit ja beantwortet.“

8. Szene

(ZU HAUSE BEI MARC UND GITTA / GITTA SITZT VOR DEM PC)

Marc:	Was schaust Du?
Gitta:	Eine Seite der Bundeswehr. Sehr interessant. www.angriff-auf-deine-seele.de
Marc:	Angriff auf meine Seele? Was schreiben die denn da!
Gitta:	Hier gibt es einen Test zum Posttraumatischen Belastungssyndrom. Sagt Dir das was?
Marc:	Ja, ich kenne einen Sani, der hatte das. Wegen einem bösen Motorradunfall.
Gitta:	Mach mal den Test. Bitte!
Marc:	Wozu?
Gitta:	Dann erfährst Du mehr über Dich.

Marc:	Ach was. Das hilft mir auch nicht weiter.
Gitta:	Doch bestimmt. Los, komm her. Setz Dich!
Marc:	(GEHORCHT / NIMMT PLATZ) Hmm. Was steht denn da?
Gitta:	(LIEST VOR) Diese Fragen beziehen sich auf Ihr aktuelles Befinden. Gefragt wird nach Reaktionen, die nach Belastungen auftreten können. Es geht im Test vornehmlich um solche, die Ihnen vor dem Einsatz nicht aufgefallen sind. Marc, Du musst Null ankreuzen, wenn Dir das nicht passiert. Das geht bis zur Sechs wenn Du immer mit dem Problem zu tun hast und...
Marc:	(ÄRGERLICH) Gitta, lesen kann ich selber!
Gitta:	Nun mach schon, ich will wissen, was mit Dir los ist!
Marc:	Der Onlinetest ist anonym. OK. Rutsch rüber!
Gitta:	(LÄSST MARC VOR DEM MONITOR / LIEST) Schlafprobleme, klar: Die hast Du.
Marc:	Immer!

Gitta:	Also sechs ankreuzen.
Marc:	(LEICHT SAUER) Ich mach das alleine! Alpträume vom Einsatz – immer!
Gitta:	Jede Nacht?
Marc:	Ich sag doch: Ständig! Bedrückt fühle ich mich auch. Dauernd.
Gitta:	Vier oder fünf?
Marc:	Sechs!
Gitta:	Schreckhaft bist Du auch. Eigentlich immer!
Marc:	(GENERVT / LAUTER) Ja, ich habe auch fast immer das Bedürfnis mich zurück zu ziehen. Scheiße da.
Gitta:	Was hast Du denn?
Marc:	Lies´ doch: Ich werde schnell gereizt! Stimmungsschwankungen, na klar! (KLICKT WEITER DURCH DEN FRAGEBOGEN)
Gitta:	Was, Du machst Dir Vorwürfe? Selbstvorwürfe?
Marc:	(MÜRRISCH) Ja.
Gitta:	Aber warum denn?

Marc:	(ARBEITET WEITER AM FRAGEBOGEN)
	Angst vor Situationen, die mich an einen Einsatz erinnern?
Gitta:	Immer? Schatz, wie kann ich Dir bloß helfen?
Marc:	Muskelverspannungen habe ich auch dauernd.
Gitta:	Und jetzt lass es auswerten!
Marc:	(LIEST VOR) Ihr Ergebnis liegt bei einem Wert von 53. Punkten. 00 - 22 Punkte ist unauffällig, 23 - 35 Punkte heißt erhöhte Stressreagibi..., was heißt das denn? Stressreagibilität.
Gitta:	Google mal!
Marc:	(LIEST VOR) Tendenz sensibel zu reagieren. Sensibel! Mensch Gitta, ich bin doch kein Weichei!
Gitta:	Ab 36 Punkten liegt Verdacht auf Posttraumatische Belastungsstörung vor.
Marc:	(MÜRRISCH) Und nun? Geht's mir besser?
Gitta:	Lass mich mal! Schau: Oberstarzt Dr. P. M. und sein Team vom Bundeswehrkrankenhaus in Berlin geben Ihnen gerne Antworten auf Ihre Fragen zum Thema Posttraumatische Belastungsstörung.

	Alle Angaben werden streng vertraulich behandelt. Marc, die können Dir helfen. Bestimmt.
Marc:	Blödsinn, das wird schon wieder. Ich muss bloß diese verdammten Bilder wieder aus dem Kopf kriegen.
Gitta:	Ich ruf da mal an.
Marc:	Nichts wirst Du tun. Das ist allein meine Sache! Ich war da unten - nicht Du!
Sprecher:	Bundespräsident Christian Wulff sagt: „Weil sie so viel Gutes leisten, kann ich mir keine besseren Repräsentanten Deutschlands im Ausland vorstellen.“

9. Szene

(MARC TELEFONIERT MIT PSYCHOLOGE / GITTA IST WEG)

Marc: Und wie schnell können Sie mir helfen?

Psychologe: Tja, eine gute Frage! Schnelle Heilung
                 kann es nicht geben.

Marc: Was denn dann?

Psychologe: Ich befürworte eine psychoanalytische
                 Therapie. Die ist sehr langwierig.

Marc: Wie lange dauert das?

Psychologe: Es kann Jahre brauchen, mit den Ver-
                 letzungen der Seele klar zu kommen.

Marc: Jahre?

Psychologe: Ja. Mindestens ein gutes Jahr.

Marc: Aha.

Psychologe: Dann schaffen Sie es, trotz dieser Er-
                 lebnisse wieder ein normales Leben zu
                 führen.

Marc: Danke für die Auskunft. Wiederhören.

Psychologe: Soll ich Ihnen einen Termin geben?

Marc: (LEGT AUF)

Psychologe: Hallo?

10. Szene

(NACHTS / MARC UND GITTA IM BETT)

Gitta: Seit Du wieder hier bist, haben wir
           nicht einmal zusammen...

Marc: Ich weiß....

Gitta: Liebst Du mich denn nicht mehr?

Marc: (SCHWEIGT)

Gitta: Sei bitte ehrlich!

Marc: Gitta, weißt Du...

Gitta: Ich will doch nur wissen, ob Du noch
           Gefühle für mich hast?

Marc: (SCHWEIGT WIEDER)

Gitta: Los, jetzt sag schon: Liebst Du mich
           noch?

Marc: Du hast leicht reden. (PAUSE) Gefüh-
           le...

Gitta: Ja genau! Gefühle! Kribbelt´s noch in
           Deinem Bauch, wenn Du mich siehst?

Marc: (SCHWEIGT)

Gitta:	Marc, jetzt reicht es mir. Du kannst jetzt doch nicht einfach nur stumm da-liegen.
Marc:	Doch!
Gitta:	Aber wieso? Bin ich Dir denn nicht mehr wichtig?
Marc:	Doch, aber....
Gitta:	Was aber? Rück´s raus! Hattest Du da unten eine andere? War Sie hübsch?
Marc:	(LACHT SARKASTISCH) Eine Frau? In Kundus? (LACHEN KIPPT IN WEINEN UM)
Gitta:	Was ist los?
Marc:	Bianca ist mir wichtig. Du bist mir wichtig. Aber Liebe?
Gitta:	Also doch!
Marc:	Was?
Gitta:	Eine andere.
Marc:	Nein, ich schwöre es Dir.
Gitta:	Was dann?

Marc:	Was ist schon Liebe? Was sind schon Gefühle? Ich weiß es nicht. Ich glaube, ich kann das nicht mehr.
Gitta:	(BEGINNT ZU WEINEN) Aber Marc, wir haben uns das hier gemeinsam aufgebaut. Das Haus, unsere kleine Familie, unsere süße Tochter. Und jetzt? Jetzt soll das alles kaputt sein?
Marc:	Schau Dir meine Hände an.
Gitta:	Die sind schön, sehr schön und waren immer sehr zärtlich zu mir.
Marc:	Dreizehn waren es!
Gitta:	Was dreizehn?
Marc:	Mit diesen Händen habe ich dreizehn Menschen umgebracht. Die Hände können nur noch töten, nicht mehr streicheln.
Gitta:	Du hast getötet?
Marc:	Einer war nicht sofort tot. Ich habe ihn einfach liegen lassen.
Gitta:	Und?
Marc:	Er ist langsam verblutet... (STEHT AUF / VERLÄSST BETT)
Gitta:	Wo willst Du hin? Ich hab´ davon doch nichts gewusst.

Marc: Lass mich!

               (VERLÄSST SCHLAFZIMMER)

11. Szene

(MARC DURCHWÜHLT SCHRÄNKE / PACKT TASCHE)

Marc: Das waren noch Zeiten: „Herzlichen
               Glückwunsch Obergefreiter Büchner. Sie
               haben den Lehrgang erfolgreich absol-
               viert. Im Namen der Bundesrepublik
               Deutschland ernenne ich Sie hiermit
               zum Unteroffizier.“

Gitta: (KOMMT INS WOHNZIMMER)

               Was machst Du?

Marc: (AGGRESSIV) Na was wohl? Ich packe!

Gitta: Und warum? Wohin willst Du?

Marc: Dein Feldwebel geht wieder in den Ein-
               satz. Wieder im Namen der Bundesrepub-
               lik Deutschland!

Gitta: Jetzt, mitten in der Nacht?

Marc: (KRAMT WEITER IN DEN SCHRÄNKEN)

               Hier, das kannst Du behalten!

Gitta: Das sind doch Deine...

Marc:	Genau! Meine Einsatzmedaillen.
	(SCHMEISST GITTA EINE NACH DER ANDEREN VOR DIE FüSSE)
	Mehrfachteilnahmen an Auslandseinsätzen werden durch die neuen Stufen der Einsatzmedaille Silber und Gold gewürdigt: Bronze…
	(KNALLT SIE AUF DEN FUSSBODEN)
	…gibt es nach 30 Tagen, die Ehrenmedaille in Silber…
	(KLAPPERT ÜBER DAS PARKETT)
	…nach 360 und Gold nach 690 Tagen Dienst im Ausland.
Gitta:	(BEGINNT ZU WEINEN) Hör auf! Marc, hör auf!
Marc:	Hier, nimm´ sie Dir. Das ist die Goldene.
Gitta:	(SCHLUCHZT)
Marc:	Lass die Flennerei. Wir haben das beide entschieden, dass ich so oft da runter gehe.
Gitta:	Ja und?

Marc:	Das Geld hat Dir doch gefallen, oder? Es war viel mehr, als mein Fleischer- gehalt.
Gitta:	Wir haben davon Biancas Möbel...
Marc:	Jedes Mal vor Abflug gab es die Ver- leihung der Medaillen. „Medal Parade" nennen wir das. Meine Güte war das feierlich. Und jetzt?
Gitta:	Ich lass´ Dich jetzt nicht gehen.
Marc:	Die haben uns gesagt, die Ehrung mit der Einsatzmedaille ist kein materiel- ler Anreiz.

Marc:

(NIMMT GITTA MEDAILLE AB)

Hier schau! Der Adler im Lorbeerkranz soll der für alle sichtbare Dank der Nation sein.

Gitta:	(BERUHIGT SICH WIEDER)

Das stimmt doch auch. Die können alle dankbar sein, dass Du Deinen Kopf hin- gehalten hast.

Marc:	Meinen Kopf? Den halte ich noch immer hin.
Gitta:	Wieso, Du bist doch jetzt wieder bei mir?
Marc:	(AGGRESSIV) Nichts verstehst Du!

Gitta:	Doch! Du bist sauer.
Marc:	Scheißdreck, sauer. Hast Du im Fernsehen oder in einer einzigen Zeitung jemals ein Foto von einem toten deutschen Soldaten gesehen?
Gitta:	(ÜBERLEGT) Nö, eigentlich nicht.
Marc:	(SCHREIT) Kannst Du auch gar nicht. Die ganzen ekelhaften Bilder, das Blut, die zerschossenen Köpfe, die zerfetzten Arme, herausquellenden Därme, das Stöhnen und die Schmerzensschreie: All das ist ja hier bei mir. Da drin. Im Kopf.
	(SCHLÄGT SICH AN DEN SCHÄDEL)
	Hier.
Gitta:	Aber die Ärzte können Dir doch helfen. Das haben die doch gesagt, oder?
Marc:	Es ist so, als würde sich eine DVD bei mir im Kopf drehen. Und ich kann sie nicht stoppen.
	(ZIEHT SCHUBLADE AUF)
Gitta:	Was willst Du mit dem Jagdmesser?
Marc:	Brauch ich!
Gitta:	Ich weiß das mit den Bildern im Kopf. Das ist...

Marc:	Nichts weißt Du von mir. Gar nichts. Lass mich durch! Los!
Gitta:	Bleib doch. Draußen ist es doch kalt.
Marc:	Ich bin schon lange kalt. Ganz lange. Tschüss!
Gitta:	(WEINT WIEDER) Und was ist mit Bianca?
Marc:	Die ist besser dran ohne mich. Was soll sie schon mit einem Vater anfangen, der ein Freak geworden ist?
Gitta:	Bitte bleib!
Marc:	Nein!
	(VERLÄSST HAUS / TÜRENSCHLAGEN)
Gitta:	Dann ruf´ wenigstens an...
Sprecher:	Bundeskanzlerin Angela Merkel sagt: „Sie alle sind gestorben, weil sie Afghanistan zu einem besseren Land ohne Angst und Terror machen wollten. "

12. Szene

(ZEHN TAGE SPÄTER / POLIZEIPRÄSIDIUM / RADIO LÄUFT
IM HINTERGRUND)

Polizist: Guten Morgen. Was kann ich für Sie
               tun?

Gitta: Morgen! Ich weiß auch nicht genau, ob
               Sie mir helfen können. Es geht um mei-
               nen Mann.

Polizist: Was ist denn mit ihm?

Gitta: Er ist weg.

Polizist: Wie weg?

Gitta: Er war Soldat in Afghanistan. Als er
               wieder zurück kam, ist er völlig
               durchgedreht.

Polizist: Tcha, das gibt es häufig. Hab ich
               schon von gehört.

Gitta: Er kommt mit dem normalen Leben ein-
               fach nicht zurecht.

Polizist: Wie äußert sich das genau?

Gitta: Den Knall vom Sektkorken auf der Ge-
               burtstagsfeier hielt er für einen
               Schuss und er ging in Deckung. Beim
               Discounter an der Kasse hat er einen
               Selbstmordattentäter vermutet, nachts
               quälen ihn furchtbare Alpträume und

dann immer wieder Bilder von zer-
schossenen toten Menschen...

Polizist: Kein leichter Job. Posttraumatische
              Belastungsstörung heißt das. Gibt es
              bei Polizeibeamten auch. Gerade bei
              jüngeren Kollegen, die Leid erleben...

Gitta: Er sollte sich ja von Ärzten helfen
              lassen. Aber statt dessen ist er eines
              Nachts einfach weg.

Polizist: Wann war das?

Gitta: Vor genau zehn Tagen. Ich dachte ja,
              er ruft an oder kommt zurück. Deshalb
              bin ich erst jetzt...

Polizist: Haben Sie Ihren Personalausweis dabei?

Gitta: (KRAMT IN HANDTASCHE)

              Ja. Hier nehmen Sie!

Polizist: Wollen Sie Ihren Mann jetzt als ver-
              misst melden?

Gitta: Ja, bitte.

Polizist: Ich muss zuerst einmal die persönli-
              chen Daten aufnehmen. Der Vorname Ih-
              res Mannes?

Gitta: Marc. Mit Nachnamen heißen wir Büch-
              ner.

Radio:	Und jetzt die Nachrichten für das Clausberger Land: Im Clausberger Forst wurden in den vergangenen Tagen zahlreiche Tierkadaver entdeckt. Wie der zuständige Revierförster Peter Zaborowski mitteilte, wurden die Tiere geschlachtet und vor Ort nahezu fachgerecht zerlegt.
Polizist:	Hören Sie das. Wir haben zurzeit jede Menge Ärger mit Wilddieben. Was ist Ihr Mann von Beruf?
Gitta:	Fleischer.
Polizist:	Interessant!
Radio:	Förster Zaborowski bittet um Mithilfe zur Klärung dieser Wilderei. Er sagt: Wenn Ihnen im freien Verkauf hochwertiges Wildbret zu bemerkenswert niedrigen Preisen angeboten wird, dann setzen Sie sich mit der nächsten Polizeidienststelle oder der Revierförsterei Clausberg in Verbindung. Die Rufnummer lautet...
Gitta:	Sie meinen doch nicht etwa, dass mein Mann durch den Wald rennt und Wildschweine abschlachtet.
Polizist:	Wenn ich Ihre Geschichte so höre, dann halte ich es nicht für unmöglich...
Gitta:	Ich bitte Sie!

Polizist:	Hat Ihr Mann ein Fahrzeug mitgenommen?
Gitta:	Nein, er ist zu Fuß los.
Polizist:	Danke Frau Büchner. Jetzt habe ich alle Angaben.
Gitta:	Und was passiert jetzt?
Polizist:	Wir halten die Augen auf. Ihr Mann geht in die Fahndung. Wenn Sie uns ein besseres Foto bringen können, als das Personalausweisbild, dann ist es prima.
Gitta:	Mach ich gleich heute Mittag.
Polizist:	Dann bin ich noch im Dienst. Geben Sie es einfach hier bei mir ab.
Gitta:	Mach ich. Auf Wiedersehen. Und vielen Dank!
Polizist:	Bis heute Mittag. Auf Wiedersehen, Frau Büchner!
Sprecher:	Bundeskanzlerin Angela Merkel sagt: „Ich weiß, dass viele Menschen Zweifel haben, ob der Einsatz richtig ist. Doch ich will auch sagen, dass ich ganz bewusst hinter diesem Einsatz stehe, damit das Land stabilisiert wird."

13. Szene

(PATROUILLEFAHRT BEI KUNDUS / MOTORGERÄUSCH / MARC UNTERHÄLT SICH MIT KOLLEGE FELDWEBEL STEFAN KISTNER)

Marc: Keine Panik. Bisher ist alles ruhig.

Stefan: Gut so. Aber hinter´m nächsten Strauch kann einer stecken.

Marc: So ist das.

Stefan: Marc, darf ich Dich mal was fragen?

Marc: Klar, schieß´ los!

Stefan: Scherzkeks. Sag mal Feldwebel Büchner – hast Du eigentlich auch manchmal Angst?

Marc: (LACHT)

Stefan: Wieso lachst Du?

Marc: Mann, Stefan: Natürlich habe ich Angst.

Stefan: Ich auch.

Marc: Und was machst Du dagegen?

Stefan: (ÜBERLEGT) Eigentlich nichts.

Marc: Und un-eigentlich?

Stefan:	Früher, als Kind, da musste ich öfter die Kartoffeln aus dem Keller holen, damit meine Mutter Essen kochen konnte...
Marc:	Lass mich raten: Der Keller war stockdunkel, nass und kalt...
Stefan:	Genau. Und in einem Kellerteil vor unserem stand noch das Werkzeug von Herrn Groß, einem Mieter, der schon lange tot war. Als Leiche im Sarg habe ich den Groß gesehen, als er durchs Treppenhaus getragen wurde. Ich war fünf Jahre alt.
Marc:	Scheiße, miese Geschichte für´nen kleinen Knirps!
Stefan:	Sicher. An dem Keller musste ich immer vorbei. Auf dem Rückweg vom Kartoffelkeller wieder. Ich dachte immer, der Groß steht da drin und bastelt so wie früher.
Marc:	Und? War es sein Geist?
Stefan:	Nein, keiner stand drin. Aber ich hatte Schiss wie verrückt.
Marc:	Wie hast Du´s trotzdem geschafft?
Stefan:	Ich habe gesungen. Gleich wenn die Kellertür aufging, habe ich losgesungen. Irgendwelche Kinderlieder. Mann,

ich weiß das alles noch ganz genau.
Als ob es eben gewesen wäre.

Marc: Kein Wunder. Hier sind wir dauernd in Deinem Kartoffelkeller. Rund um die Uhr!

Stefan: Pass auf! Da vorne! Stopp, anhalten! Nimm´s Fernglas!

Marc: (FAHRZEUG HÄLT / MARC SCHAUT NACH)

Nein, da ist nichts.

Stefan: Ein Glück!

Marc: Und hier? Singst Du hier auch noch Kinderlieder?

Stefan: Ehrlich gesagt – innerlich leise Ja!

Marc: Gut so, das hilft.

Stefan: Du lachst mich auch nicht aus?

Marc: Nein Mann. Das hier ist viel schlimmer als Dein Kartoffelkeller von früher. Hier brennen wir in der Hölle.

Stefan: Recht hast Du!

Marc: Und da hat jeder so seine Methoden.

Stefan: Du singst auch?

Marc: Nein, ich mach was anderes.

Stefan:	Und was?
Marc:	Früher in der Schule war ich klasse in Deutsch.
Stefan:	Du bist doch Fleischer.
Marc:	Vorsichtig! Was soll das denn heißen?
Stefan:	Nur so.
Marc:	Fleischer wurde ich, damit ich irgendwann mal den Betrieb meiner Eltern übernehmen kann.
Stefan:	Wäre besser als hier die Zielscheibe abzugeben.
Marc:	Die Discounter haben meinen Dad fertig gemacht.
Stefan:	Schade.
Marc:	Genau. Hängen geblieben von der Schulzeit sind die Gedichte.
Stefan:	Die ihr gelernt habt?
Marc:	Exakt. Und das Beste ist von Theodor Fontane.
Stefan:	Wie heißt das?
Marc:	Das Trauerspiel von Afghanistan.
Stefan:	Fontane war auch hier?

Marc:	Keine Ahnung. Der hat aber schon 1857 gewusst, dass Krieg hier keinen Sinn macht.
Stefan:	Was war damals?
Marc:	Die Engländer haben hier gekämpft.
Stefan:	Und verloren?
Marc:	Und wie. Hör zu: „Die hören sollen, sie hören nicht mehr, Vernichtet ist das ganze Heer, Mit dreizehntausend der Zug begann, Einer kam heim aus Afghanistan." Das war Fontane!
Stefan:	Und wie geht Deine Methode?
Marc:	Immer wenn ich Angst habe, dann sage ich innerlich dieses Gedicht auf.
Stefan:	Machst Du das oft?
Marc:	Jeden Tag. Mehrmals. Und das Ding hat zehn Strophen. Es ist eine Ballade.
Stefan:	(SCHREIT)
	Achtung, Toyota-Pick-up von vorne. Fährt geradewegs auf uns zu. Stopp! Raus aus dem Fahrzeug. Volle Deckung!

(MARC UND STEFAN SPRINGEN RAUS UND RENNEN WEG / FAHRER SCHAFFT ES NICHT / PICK-UP KNALLT FRONTAL AUF BW-FAHRZEUG / EXPLOSION / FAHRZEUGE BRENNEN)

Marc:	(SCHREIT) Stefan, alles OK?
Stefan:	Ja, denke schon. Was ist mit Tom?
Marc:	Der hat´s nicht geschafft.
Stefan:	Wie war das? Mit dreizehntausend der Zug begann, Einer kam heim aus Afghanistan.
Sprecher:	Präsident Obama sagt: "...aber unsere Absicht ist es sicherzustellen, dass die Afghanen die Fähigkeit haben, für ihre eigene Sicherheit zu sorgen. Das ist der Kern unserer Mission."

14. Szene

(IM WALD BEI CLAUSBERG / MARC HETZT DURCH DAS LAUB / ER WIRD VON FÖRSTER ZABOROWSKI VERFOLGT)

Förster:	Halt, stehenbleiben!
Marc:	(RENNT WEITER)
Förster:	Ich bin der Revierförster. So warten Sie doch.
Marc:	Hau ab!
Förster:	(VERSUCHT TRICK) Stehenbleiben, oder ich schieße!
Marc:	(LACHT) Milchmädchen! (RENNT WEITER)

Förster: (GIBT SCHUSS AB)

Marc: (KICHERT)

                Töten muss gelernt sein.

                (SCHREIT HINTER SICH ZUM FÖRSTER)

                Sei froh, dass ich keine Waffe habe!
                Dann wäre jetzt Dein Revier frei!

                (MARC VERSTECKT SICH IN SEINER HÖHLE)

Förster: (RUFT VON WEITEM)

                Früher oder später kriege ich Dich, Du
                verdammter Wilddieb!

Marc: (LEISE ZU SICH) Das werden wir ja noch
                sehen. Verpiss Dich jetzt endlich und
                lass mich hier in Ruhe.

Sprecher: Ex-Verteidigungsminister F. J. J. sagt
                doch: „Wenn wir angegriffen werden,
                muss der Gegner damit rechnen, ver-
                folgt und gegebenenfalls getötet zu
                werden."

15. Szene

(ZUHAUSE BEI GITTA / SIE RUFT BEI DER POLIZEI AN)

Polizist: Polizeipräsidium Clausberg. Wachtmeister Meyer. Was kann ich für Sie tun?

Gitta: Guten Morgen, hier spricht Büchner, Gitta Büchner. Ich war gestern bei Ihnen wegen meinem Mann.

Polizist: Ah, ich weiß schon. Der vermisste Feldwebel aus Afghanistan.

Gitta: Genau. Jetzt wollte ich mal fragen, ob es etwas Neues gibt.

Polizist: Bedauernswerterweise ja.

Gitta: Was heißt das?

Polizist: Ich habe eben vom zuständigen Förster eine Anzeige bekommen. Er hatte gestern Abend eine Auseinandersetzung mit dem gesuchten Wilddieb.

Gitta: Und?

Polizist: Seine Beschreibung passt genau auf Ihren Mann.

Gitta: (ERSCHROCKEN) Das kann ich mir überhaupt nicht vorstellen.

Polizist:	Der Förster hat ihn einwandfrei iden-tifiziert. Er hat das Foto gesehen.
Gitta:	Und jetzt?
Polizist:	Wir durchkämmen den Clausberger Forst. Seien Sie beruhigt. Wir finden Ihren Mann!
Gitta:	Aber...
Polizist:	Keine Angst, Frau Büchner. Auf Wieder-hören.

16. Szene

(IM CLAUSBERGER FORST / MARC SCHNITZT PFEILE UND
BASTELT BOGEN / MURMELT DABEI FONTANE-BALLADE)

Marc:	Der Schnee leis´ stäubend vom Himmel fällt, Ein Reiter vor Dschellalabad hält, "Wer da!" - "Ein britischer Rei-tersmann, Bringe Botschaft aus Afgha-nistan." Afghanistan! Er sprach es so matt; Es umdrängt den Reiter die halbe Stadt, Sir Robert Sale, der Komman-dant, Hebt ihn vom Rosse mit eigener Hand.
	(ZU SICH ALS ER DIE PFEILSPITZE ESTET)
	Fein, genau so spitz musst Du sein.
	(SPANNT PFEIL IN BOGEN EIN UND

SCHIESST)

Zack, der hat gesessen!

(LÄUFT LOS UM PFEIL WIEDER ZU HOLEN/
PLÖTZLICH HÖRT ER SCHRITTE IM LAUB
RASCHELN / GEHT IN DECKUNG)

Wilderer 1:   Heute probieren wir es da vorne.

Wilderer 2:   Gute Idee. Ruhig jetzt!

Marc: (GANZ LEISE) Sie führen ins steinerne
Wachthaus ihn, Sie setzen ihn nieder
an den Kamin, Wie wärmt ihn das Feuer,
wie labt ihn das Licht, Er atmet hoch
auf und dankt und spricht:

"Wir waren dreizehntausend Mann,
Von Kabul unser Zug begann,
Soldaten, Führer, Weib und Kind,
Erstarrt, erschlagen, verraten sind.

(EIN SCHUSS)

Wilderer 1:   Volltreffer.

Wilderer 2:   Jo, das hat gesessen.

Marc: (LEISE ZU SICH) Mistkerle!

Wilderer 1:   Los, wir holen den Bock! Zerteilen und
                dann nix wie ab nach Hause.

Wilderer 2:   Wollen wir nicht noch einen...

Wilderer 1:   Nein, dauert zu lange, ist zu
                gefährlich.

Marc: (LEISE ZU SICH) Euch sollte man...

(WILDERER GEHEN ZUM REHBOCK, SCHNEIDEN DAS FLEISCH
RAUS UND VERSCHWINDEN / MARC SCHNAPPT SICH PFEIL UND
SCHLEICHT HINTER DEN BEIDEN HER)

17. Szene

(LAGER IN AFGHANISTAN / MARC UND KOLLEGEN BEIM WAF-
FENREINIGEN)

Stefan: War ausnahmsweise ruhig heute.

Marc: Gut so, Stefan. Wenn die Waffen sauber
                sind, dann schreibe ich eine Mail nach
                Hause. Los Männer! Beeilt Euch!

Stefan: Da kannst Du machen, was Du willst:
                Überall ist Staub. Im Lauf, im Ver-
                schluss...

48

Marc:	Den Verschluss lass komplett, Antriebsstange und Gaskolben werden auch nicht ausgebaut.
Stefan:	Dann schaff ich´s in zwei Minuten.
Marc:	Im Feldwebellehrgang hab ich´s mal in 30 Sekunden geschafft.
Stefan:	Zerlegen und Zusammensetzen?
Marc:	Sicher doch.
Stefan:	Na Hut ab!
Marc:	Stahlhelm ab heißt das.
	(WENDET SICH AN DIE ANDEREN SOLDATEN)
	Männer, wie weit seid ihr?
Soldat 1:	Feldwebel Büchner, ich bin fertig. Hier, zur Kontrolle...
	(WILL GEWEHR AN MARC REICHEN)
Marc:	Lassen Sie´s stecken. (ZU DEN ANDEREN) Wie weit sind Sie?
Soldat 2:	Auch fertig.
Marc:	Gesichert?
Soldat 2:	Klar doch. Hier...
	(PLÖTZLICH LÖST SICH EIN SCHUSS)

Stefan: (FÄLLT GETROFFEN VON STUHL / KNALLT
                 WIE EIN NASSER SACK AUF DEN ERDBODEN /
                 TUMULT BEI DEN SOLDATEN)

Marc: Scheiße! Stefan?

                 (KNIET SICH NIEDER ZU STEFAN / UNTER-
                 SUCHT IHN / SCHREIT)

                 Er ist tot. Du verdammter Idiot hast
                 Stefan erschossen!

                 (SPRINGT AUF / SCHLÄGT UNBÄNDIG AUF
                 SOLDAT 2 EIN)

                 Kameradenschwein, Mörder...

                 (TUMULT / DIE ANDEREN BERUHIGEN IHN)

18. Szene

(POLIZEI DURCHKÄMMT WALD MIT HUNDEN / DIESE FINDEN
KADAVER VON REHBOCK)

Marc: Mist, was wollen die denn?

(POLIZEI KOMMT NÄHER)

Marc: (LEISE) Bleibt mir bloß vom Hals.

(POLIZEI KOMMT NOCH NÄHER)

Marc: Zersprengt ist unser ganzes Heer,
                Was lebt, irrt draußen in Nacht umher,
                Mir hat ein Gott die Rettung gegönnt,
                Seht zu, ob den Rest ihr retten könnt.

Polizist 1:   Sie haben eine Fährte. Lasst die Hunde
                los!

(HUNDE TOBEN DURCH DEN WALD / FINDEN REHBOCKKADAVER
/ BELLEN LAUT)

Marc: Das habt ihr fein gemacht. (LEISE)
                Sir Robert stieg auf den Festungs-
                wall, Offiziere, Soldaten folgten ihm
                all', Sir Robert sprach: "Der Schnee
                fällt dicht, Die uns suchen, sie kön-
                nen uns finden nicht.

(POLIZISTEN RENNEN ZU DEN HUNDEN)

Polizist: (ZU DEN HUNDEN) Aus jetzt! Schau an,
                da hat der Fleischer wieder zugeschla-
                gen. Saubere Arbeit.

Polizist 2:   Das reicht für heute. Sag dem Förster
                Bescheid. Wir suchen morgen weiter.

Polizist 1:   Recht hast Du. Die Hunde sind jetzt
                völlig abgelenkt. Ab nach Hause.

(POLIZEI MACHT SICH AUF DEN RÜCKWEG / MARC BEOBACH-
TET)

Marc: Der Fleischer?

19. Szene

(GITTA UND BIANCA IM WALD / BEIDE SUCHEN NACH MARC /
TREFFEN AUF POLIZEISTAFFEL)

Bianca: Hier im Wald wohnt Papa?

Gitta: Ich glaube ja, mein Schatz.

Bianca: Was macht er hier ganz alleine?

Gitta: Er ruht sich ein bisschen aus.

Bianca: Aber sein Bett ist doch zuhause.

Gitta: Komm Biancamaus. Wir gehen da den Weg
                lang und dann rufen wir ganz laut nach
                ihm.

Bianca: Ganz dolle laut?

Gitta: So laut Du kannst.

Bianca: (RUFT) Papa, wo bist Du denn?

Gitta: Marc, wir sind es. Wo steckst Du?

Beide: Paaapaaaa!

Gitta: Nochmal!

Beide: Paapaaa!

(POLIZISTEN SIND WIEDER MIT HUNDEN IM WALD UNTERWEGS
/ SIE KOMMEN GITTA UND BIANCA ENTGEGEN)

Polizist 1:   (ZU KOLLEGEN) Das ist die Frau vom
               Fleischer aus Afghanistan.

Polizist 2:   Die soll sich nicht in unsere
               Angelegenheiten einmischen.

Polizist 1:   Guten Morgen Frau Büchner.

Gitta: Morgen.

Polizist 1:   Was machen Sie hier?

Bianca: Wir suchen meinen Papa!

Polizist 1:   Das überlassen Sie bitte uns. Gehen
               Sie sofort nach Hause.

Gitta: Nein. Ich werde doch wohl meinen Mann
               suchen dürfen. Haben Sie was Neues?

Polizist 2:   Ja. Gestern Abend wurde wieder ein
               Rehbock erschossen und professionell
               zerlegt.

Gitta: Und Sie meinen...

Polizist 1: Das Wild wurde vorher ausgenommen und
             abgezogen. Dann hat der Täter die gro-
             ßen fleischigen Stücke abgeschnitten.
             Er hat sich dabei an den natürlichen
             Schnittbahnen orientiert.

Gitta: Was wollen Sie mir damit sagen?

Polizist 1: Dass es sich bei dem Täter um einen
             Profi handelt. Ihr Mann kommt aus un-
             serer Sicht absolut in Frage.

Bianca: Papa macht keine Tiere tot. Der will
             sich hier im Wald ausruhen!

Polizist 2: Genau! Kleine, Du gehst jetzt am bes-
             ten mit Deiner Mama zurück in die
             Stadt.

Polizist 1: Sie stören unsere Ermittlungen. Frau
             Büchner: Ich fordere Sie auf, so-
             fort...

Gitta: Ist schon gut. Komm Bianca, die Männer
             wollen alleine spielen. Wir gehen nach
             Hause.

Bianca: Und was ist mit Papa?

20. Szene

(NACHTS / MARC TRIFFT AUF WILDDIEBE / DIE DENKEN,
DASS NOCH JEMAND IM WALD IST)

Wilderer 1:   Wir müssen heute aufpassen.

Wilderer 2:   Wir passen immer auf.

Wilderer 1:   Ja, aber ich habe gehört, dass die Po-
                lizei den Wald durchkämmt und nach ei-
                nem Wilderer sucht.

Wilderer 2:   (KICHERT) Nach einem?

Wilderer 1:   Genau!

Marc: (HÖRT WILDERER KOMMEN)

                Sir Robert stieg auf den

                Festungswall, Offiziere, Soldaten

                folgten ihm all', Sir Robert sprach:

                „Der Schnee fällt dicht, Die uns

                suchen, sie können uns finden nicht.

Wilderer 2:   Da können die lange suchen.

Wilderer 1:   Es soll ein ehemaliger Soldat sein.

Wilderer 2:   Stimmt doch gar nicht. Ich war doch
                nie beim Bund.

Wilderer 1:   Mmh.

Wilderer 2:   Und Du auch nicht, oder?

Wilderer 1:   Nee.

Marc: Sie irren wie Blinde und sind uns so
               nah, So laßt sie's hören, daß wir da,
               Stimmt an ein Lied von Heimath und
               Haus, Trompeter, blas't in die Nacht
               hinaus!

Wilderer 2:   Siehst Du.

Wilderer 1:   Verstehst Du denn nicht. Hier muss
               sich außer uns noch jemand rumtreiben.

Wilderer 2:   Ach so?

Wilderer 1:   Ja, Du Trottel.

(BEIDE WILDERER KOMMEN AUF MARCS VERSTECK ZU / MARC
PRESST SICH IN EINE KUHLE)

Marc: Sie bliesen die Nacht und über den
               Tag, Laut, wie nur die Liebe rufen
               mag, Sie bliesen - es kam die zweite
               Nacht, Umsonst, dass ihr ruft, um-
               sonst, dass ihr wacht.

Wilderer 2:   Na dann! Wie wärs denn hier?

Wilderer 1:   Nein, wir gehen weiter nach da.

(STEHEN VOR MARCS MULDE)

Marc: Stopp, Stehenbleiben!

Wilderer 2:   Uups, wer bist Du denn? Ein Bulle?

Marc: Quatsch, kein Bulle.

Wilderer 1:   Nein, auf keinen Fall. Gleich erzählst
               Du mir, dass Du hier wohnst!

Marc: Stimmt genau! Und was macht Ihr hier?

Wilderer 1:   Hey, hey, hey: steck zuerst mal Dein
               Messer weg.

Marc: Zuerst Ihr Eure Flinten.

Wilderer 2:   Los Mann, lass uns abhauen.

Marc: Das könnte Euch so passen.

Wilderer 1:   Du, Du willst uns aufhalten?

Marc: Wegen Euch tobt die Polizei hier durch
               den Wald.

Wilderer 1:   Nein, die suchen Dich. Du bist be-
               stimmt der Soldat, der hier im Forst
               den Rambo spielt.

Marc: (LACHT) Rambo?

Wilderer 1:   Na klar. Das weiß doch jeder hier in
               Clausberg. Gib Dein Messer her!

Marc: Hol´s Dir doch!

Wilderer 2:   Ich will hier weg. Los komm!

Wilderer 1:   (ENTSICHERT JAGDGEWEHR / HÖHNISCH)

                Schau, mein Messer ist länger!

Marc: Abgerechnet wird immer erst zum
                Schluss!

                (SPRINGT ZU WILDERER 1 / WIRFT IHN ZU
                BODEN /BEIDE KÄMPFEN)

Wilderer 2:   (SCHREIT) Aufhören! Hört auf!

Wilderer 1:   Du Afghanistan-Zombie, Dir werd´ ich
                es zeigen!

Marc: Du tötest Tiere, ich Menschen!

                (GERANGEL)

Wilderer 2:   Ich hole Hilfe! (RENNT WEG)

Wilderer 1:   Bleib hier! Elender Feigling!

Marc: Warte, Du Mistkerl!

(BEIDE RINGEN MITEINANDER / DABEI LÖST SICH EIN
SCHUSS)

21. Szene

(POLIZEI SUCHT WIEDER IM WALD / HUNDE HECHELN)

Polizist 1:   Ein Schuss! Hunde loslassen!

Polizist 2:   Heute kriegen wir den Kerl.

Polizist 1:   Beeilung Männer! Gerade vor uns ist jemand. Hand an die Waffen.

(POLIZISTEN RENNEN HINTER HUNDEN HER / HUNDE BELLEN)

22. Szene

(MARC UND WILDERER 1 / POLIZEIHUNDE SCHLAGEN AN)

Marc: (RÜTTELT AN WILDERER) Mistkerl, so sag doch was.

               (ZU DEN HUNDEN)

               Haltets Maul, Ihr Köter.

(POLIZEI KOMMT DAZU)

Polizist 1:   Aufstehen, gehen Sie ran an den Baum. Hände schön oben an den Stamm legen, Beine auseinander!

               (ZU KOLLEGEN)

               Schau nach, was mit dem Mann am Boden ist.

Polizist 2:   Er atmet nicht. Ist verletzt.
                 Voraussichtlich mit einem...

Marc: (UNTERBRICHT) Ich war das. Mit meinem
                 Messer. Er wollte mich abknallen!

Polizist 1:   Ruf den Notarzt.

                 (LEGT MARC HANDSCHELLEN AN)

                 So mein Freundchen: Sie sind vorläufig
                 festgenommen. Es besteht der Verdacht
                 auf Fluchtgefahr. Ihnen wird Körper-
                 verletzung und Jagdwilderei vorgewor-
                 fen.

Marc: Ich bin kein Wilddieb. Der liegt vor
                 Ihnen.

Polizist 1:   Das klären wir auf dem Präsidium. Ab-
                 marsch zum Fahrzeug.

                 (ZU KOLLEGEN)

                 Du wartest hier auf den Notarzt.

23. Szene

(GITTA RUFT IM PRÄSIDIUM AN / TELEFON KLINGELT)

Polizist 1:   Polizeipräsidium Clausberg. Wachtmeister Meyer. Was kann ich für Sie tun?

Gitta: Guten Morgen, hier spricht Gitta Büchner.

Polizist 1:   Frau Büchner, Sie wollen sicherlich wissen, ob es Neuigkeiten gibt.

Gitta: Und?

Polizist 1:   Gestern Nacht haben wir Ihren Mann vorläufig festgenommen. Es ...

Gitta: Waaas?

Polizist 1:   Wir kamen gerade zu einem Kampf Ihres Mannes mit einem vermeintlichen Jagdwilderer dazu.

Gitta: Ist Marc verletzt?

Polizist 1:   Es wurde auf ihn geschossen...

Gitta: Oh nein!

Polizist 1:   ...aber...er ist nicht verletzt.

Gitta: Gott sei Dank!

Polizist 1:   Ihr Mann hat den Jagdwilderer mit seinem Messer attackiert.

Gitta: Was?

Polizist 1:   Der Mann wurde dabei schwer verletzt
                  und verstarb auf der Fahrt ins Kran-
                  kenhaus.

Gitta: Was ist mit Marc. Kann ich ihn besu-
                  chen?

Polizist 1:   Marc Büchner wurde in U-Haft über-
                  stellt. Dort können Sie ihn nach An-
                  meldung besuchen.

Gitta: Wie lange muss er dort bleiben?

Polizist 1:   Kann ich Ihnen nicht sagen. Er wird
                  sicherlich angeklagt...

24. Szene

(GERICHTSSAAL / URTEILSVERKÜNDIGUNG)

Richter: Im Namen des Volkes ergeht folgendes
                  Urteil: Der Angeklagte Marc Büchner
                  wird wegen Körperverletzung mit Todes-
                  folge zu zwei Jahren Haft verurteilt.

Marc: (ZU RICHTER)

                  Die hören sollen, sie hören nicht
                  mehr, Vernichtet ist das ganze Heer,
                  Mit dreizehntausend der Zug begann,
                  Einer kam heim aus Afghanistan.